Roth, Joseph / El triunfo de la belleza / Joseph Roth. - 1a ed. -
Ciudad Autónoma de Buenos Aires : Ediciones Godot Argentina,
2023. 80 p. ; 23 x 15 cm. Traducción de: Daniela Campanelli.

ISBN 978-84-19990-73-0
Depósito legal: M-24732-2025

Título original Triumph der schönheit (1934)

Traducción Daniela Campanelli
Prólogo Edgardo Scott
Corrección Federico Juega Sicardi
Diseño de colección y tapa Martín Bo
Diseño de interiores Víctor Malumián
Ilustración de tapa y viñetas Emiliano Raspante
Ilustración Joseph Roth Max Amici

© **Ediciones Godot**
www.edicionesgodot.com.ar
info@edicionesgodot.com.ar
Facebook.com/EdicionesGodot
Twitter.com/EdicionesGodot
Instagram.com/EdicionesGodot
YouTube.com/EdicionesGodot
Buenos Aires, Argentina, 2026

Impreso en España
Artes Gráficas Cofás, S.A,
Móstoles, Madrid, enero de 2026

El triunfo de la belleza

Joseph Roth

Traducción
Daniela Campanelli

Prólogo
Edgardo Scott

Prólogo

por Edgardo Scott

H ACE POCO, GILLES LIPOVETSKY dijo en una entrevista: "El lujo era lo más bello, lo más caro y lo más raro. Hoy también es el mal gusto, lo feo, incluso lo vulgar y lo obsceno". Seguramente Joseph Roth hoy pensaría lo mismo, porque de hecho ya comenzó a registrarlo durante el tiempo de su obra, ese intervalo notable de entreguerras (1920-1939). Es que cuando Roth empieza a publicar, después de la Primera Guerra Mundial, ese mundo burgués desigual y opulento, con maneras y resabios todavía monárquicos, estricto y expansivamente humanista, recién se había estrellado en la gran guerra y la revolución de octubre. El siglo XX, lo que conocimos como el siglo XX, empezó ahí. Roth lo vio nacer, aunque en realidad —y a la vez— se ocupó de contar menos ese nacimiento que de hacer el réquiem más bello para el siglo y el mundo que habían muerto.

Nouvelle freudiana en varios sentidos, *El triunfo de la belleza* resume y concentra varios de los temas de Roth, y sobre todo exhibe su maestría a la hora de transformar casi una fábula en un mínimo relato o tratado social. "El plebeyo es ambicioso. El hombre realmente noble es anónimo", escribe. Las observaciones de Roth, sus sentencias, son tan veraces como musicales, porque le sirven para acentuar o atenuar las peripecias de la trama. ¿Por qué novela freudiana? Porque cuando Roth escribe este libro el psicoanálisis es una controversial revolución, que influye en todas las áreas de la ciencia y la cultura. Y el psicoanálisis, como sabemos, nació en Viena, el epicentro del amado Imperio austrohúngaro de Roth, quien siempre se reconoció hijo de aquella patria diversa y en lengua alemana, que iba desde la Mitteleuropa hasta países como Ucrania (de hecho, Roth nació en Brody —como justamente la madre de Freud—, hoy Ucrania, entonces una ciudad del confín del imperio). El alemán, el imperio, el psicoanálisis y la errante tradición judía, entonces, son los cardinales en los que, a su modo, Roth crece y se forma y de los que, acaso, si bien se exilie, nunca se aleje del todo.

Pero además *El triunfo de la belleza* es una fábula de amor que también podría pasar por uno de los casos freudianos de *Estudios sobre la histeria* (esos textos donde en verdad empezó el psicoanálisis). Hasta el ginecólogo narrador (y tan Wes Anderson *avant la lettre*) de la novela está enterado y proclama: "El tifus es menos contagioso que la histeria, sépalo". La verdad es que si el lector pudo hojear alguno de aquellos casos hoy legendarios (Anna O., Elisabeth Von R., Katharina), a las pocas páginas sabrá de qué le hablo. Y si no, después de leer *El triunfo de la belleza*, vaya y chusmee. Verá que aquellas novelitas freudianas tienen un aire a Roth, aunque tal vez hiperrealistas. Va una cita como degustación de lo que digo: "Pero está enferma justamente porque no quiere ayudarse. En medicina decimos que 'se refugia en la enfermedad'. Es incluso un ejemplo perfecto para este fenómeno patológico. Solo puede hacer una cosa: salvarse usted mismo. Ponga a su mujer en un buen sanatorio".

Por cierto, con el correr de las páginas, y escuchando la voz firme y clara del ginecólogo que cuenta la historia, alguien de esta época podría preguntarse: ¿es una novela misógina? Una mala lectura de género rápidamente diría que sí y subrayaría dos veces las frases que contendrían ese elemento. Una muestra: "Las mujeres que alguna vez fueron bellas terminan en la tumba como una especie de figuras de yeso retocadas". Pero habría que decir que también es una novela racista: "Usted puede reconocer a la gente de lo que se llama 'buena raza' porque es imposible que uno sienta gratitud por su ayuda, sea grande o chica, y mucho menos expresarla". Y reaccionaria y clasista, por supuesto: "Pero le faltaba la verdadera nobleza. Es algo que no tiene que ver con lo que se hace, sino con lo que se omite". De modo que hay que encarar el "problema moral" por otro lado. O por varios lados. Primero habría que decir que efectivamente la sociedad que "representa" el mitigado realismo de Roth no es la nuestra. Se sabe que los lugares sociales para el hombre o la mujer hace un siglo no eran los de hoy. Tampoco los del Renacimiento. Menos los de la antigua Grecia. De manera que en ese sentido *El triunfo de la belleza* debe leerse con esa razonable comprensión histórica. Pero, además, es nuestro tiempo histórico el que lee de una manera literal y superpone autor-narrador, y juzga y acusa y censura (o como se dice hoy vía el anglicismo, "cancela"). Hubo otras épocas, y gran parte del siglo XX fue muestra de eso, donde la literatura no debía rendir cuentas de su moral. O, en todo caso, entendía que postular en la ficción y con armónica crudeza lo que tenía ante sus ojos no era plegarse o defender el discurso de poder de la época, sino justamente presentar e interrogar y criticar ese modelo. En vez de omitir, ocultar o atenuar las miserias y los conflictos sociales, exhibirlos y hasta exagerarlos, para que la sociedad, al ver con lupa sus defectos, acaso quisiera cambiarlos. Roth pertenece a esa tradición. No le tiembla la voz para decir lo que ve, y no cree que por eso sea cómplice o que las voces y acciones de sus personajes lo identifiquen. Cito y quien quiera oír que oiga: "La locura en este mundo es más fuerte que el sentido común; la maldad es más poderosa que la bondad".

Además, su objeto no es ese. Si la sagacidad nos acompaña, podremos ver que Roth escribe una literatura de la nostalgia y el escepticismo que tiene varios parientes ilustres: de Lampedusa a Sebald, de su amigo Stefan Zweig a Sándor Márai, de Irène Némirovsky a Claudio Magris. Y ya que estamos, a nuestro Edgardo Cozarinsky, que no casualmente supo nacer en el mismo año en el que Roth murió.

El triunfo de la belleza es una nouvelle, o como solemos decir con cariño por estos lares, una "novelita" concisa e implacable. Tiene estructura de tobogán: sube y sube hasta caer en picada. "Es increíble, pero la vida es la copia miserable de una mala novela", dice el sabio ginecólogo por ahí. Tiene razón. Pero esta es de las buenas. Hágase un regalo, apague el teléfono, necesita apenas un par de horas libres, incluso menos, y se la lee de un tirón. Pero no sea malvado: no se la regale a esas parejitas jóvenes y bellas que se están por casar. O sí, mejor sí: hágalo ya mismo.

EDGARDO SCOTT

I

SIENTO GRAN ESTIMA POR el conocimiento que tiene mi viejo amigo, el doctor
Skowronnek, sobre los seres humanos.
Hace más de veinticinco años que trabaja en un
conocido complejo de rehabilitación para mujeres, donde se dice que las fuentes milagrosas cu-
ran los dolores uterinos, la infertilidad y la histeria.
Mi amigo, el doctor Skowronnek, así lo afirma. Al
menos habla sobre los efectos milagrosos, aunque
fáciles de explicar, con una convicción muy simi-
lar a la que suele profesar una importante canti-
dad de hombres jóvenes, vigorosos y sedientos de
amor, sobre las pacientes que buscan consuelo en
el complejo cada temporada. Puntuales como aves
migratorias, los jóvenes se juntan allí para la "inau-
guración de la temporada" y compiten con el poder
curativo de las famosas fuentes. Sea como fuere, mi

amigo, el doctor Skowronnek, tuvo la oportunidad de conocer las enfermedades físicas y espirituales de las mujeres durante un cuarto de siglo. Si, por ejemplo, hubiera tratado solamente a treinta damas en una sola temporada, luego de veinticinco años habría conocido a fondo a no menos de setecientas cincuenta mujeres. Por eso, creo que tengo razón al sentir gran estima por el conocimiento del mundo que ostenta mi amigo.

Por este motivo, suelo decirles a todos los maridos que me cuentan sobre las enfermedades (reales o inventadas) de sus mujeres que vayan a ver al doctor Skowronnek. A los hombres, que en general sufren más por sus mujeres que ellas por sus enfermedades, también los trata como pacientes, y con razón. Sí, considero que mi amigo, el doctor, es más bien un médico de maridos que un ginecólogo, aunque él no quiera saber nada con esta idea y diga que daña su reputación. Pero yo lo conozco. Y sé que detrás de esa especie de bondad, digna de un padre espiritual, con la que examina el corazón y los riñones de las damas enfermas, se esconde la preocupación por los caballeros sujetos a las pacientes. Quien ha examinado a tantas mujeres debe, a fin de cuentas, sentir una solidaridad empedernida hacia los hombres.

Entonces sucedió que un día le aconsejé a un conocido, el ingeniero M., que fuera a visitar al doctor Skowronnek. Primero le dije que fuera solo, sin la mujer enferma, sobre la que el ingeniero me había contado largo y tendido. El ingeniero era un hombre joven, hacía solo dos años que estaba casado y no tenía hijos. Luego de un año en feliz matrimonio —o como se diga—, la mujer empezó a quejarse de dolores de cabeza, de espalda, de estómago, de cuello, de nariz, de ojos, de pies. No hay que generalizar, pero, según mi experiencia, los ingenieros —especialmente los ingenieros civiles— no tienen ni idea del cuerpo de las mujeres. Puede haber excepciones. Pero el ingeniero civil del cual hablo aquí estaba tan aterrado como cualquier buen hombre que ve a una mujer sufriendo, o incluso solamente llorando. (Es el terror que sienten los sanos ante los enfermos, los fuertes ante los impotentes. No hay nada peor que la mezcla entre amor, compasión y miedo por la amada y compadecida. Una Jantipa sana es mejor y más soportable que una Julia enferma). Por eso, le recomendé al ingeniero que viera al doctor Skowronnek. Yo también participé del encuentro con el doctor; el ingeniero me lo había pedido explícitamente, y fui, contra mi voluntad. Era como estar escuchando cosas privadas y vergonzosas a través de las delgadas paredes de una habitación de hotel y no poder evitarlo. Me esforcé por pensar en otra cosa. Pedí que me trajeran periódicos. Pero la curiosidad profesional del escritor triunfó por sobre los esfuerzos por mantener la discreción, y escuché, sin querer y con oído profesional, por así decirlo, todas las cosas que ahora y en este contexto no se pueden contar. El doctor Skowronnek estaba en silencio. Solo escuchaba. Finalmente, despidió al ingeniero exigiéndole que mandara a su mujer a una consulta.

El ingeniero se fue. Y como yo no comprendía el silencio de mi amigo, empecé a preocuparme por la mujer del ingeniero y le pregunté:

—Dígame, ¿es tan grave lo que le contó sobre su mujer? ¿Por qué se mantuvo callado?

—¡No es grave ni bueno! —respondió el doctor—. Es algo común. Y si yo no hubiera presenciado una historia particular hace algún tiempo, tampoco me hubiera quedado callado. Pero, desde que conozco esa historia, dejé de sentir compasión por los hombres de mujeres enfermas. No se puede tratar más a la gente incurable. No se puede salvar a quien se quiere suicidar. Los hombres de determinadas mujeres enfermas son suicidas incurables. Y, para que me crea, le voy a contar la historia. Escríbala algún día.

Y el doctor Skowronnek empezó su relato.

II

"**H**ACE MUCHOS AÑOS, CUANDO yo todavía era un médico clínico desconocido en una ciudad promedio, vino un joven a mi consultorio. En ese momento, yo no tenía muchos pacientes. Había días en los que no aparecía nadie. Me quedaba sentado, esperaba y leía novelas policiales. Quizás debería haber leído libros de medicina, pero mi respeto por las ciencias naturales y los conocimientos de mis reconocidos colegas era menor que mi interés por los delincuentes y la policía. Usted comprenderá que un médico que no tiene mucho que hacer estará fascinado ante un paciente peculiar. Sin embargo, lo dejé un rato en la sala de espera, como hace cualquier médico que no está muy ocupado. Después de unos minutos, lo dejé entrar (y, créame, durante esos minutos sufrí más de impaciencia que él). La impaciencia, como sabrá, es una enfermedad peligrosa, que puede incluso llevar al suicidio. Finalmente, me di por vencido. Con una alegría inmensa, me deleité al ver al hombre cuando por fin ingresó. De manera automática, claro está, empecé a buscar indicios de alguna enfermedad en su cuerpo y en su rostro y también signos de un posible buen pasar en su vestimenta. Enseguida, noté que era un paciente tranquilo. Era evidente que pertenecía no solo a los buenos estratos sociales, sino también a los más altos, y no tenía una enfermedad peligrosa que me obligara a ingresarlo en un establecimiento médico. Era un hombre sano, alto, musculoso, bello, de tez marrón, tenía una cara angosta y simpática, ojos claros, un cuello fino, una frente bien arqueada, manos largas y fuertes, era seguro y tímido a la vez, es decir, lo que se dice de buena raza. Supuse que era un funcionario de buena familia y talento mediocre y que, probablemente, sufría alguna dolencia que la sociedad describe como 'galante'.

»Mis suposiciones fueron bastante acertadas. Era un joven diplomático asignado a nuestra embajada en Inglaterra, hijo de un conocido fabricante de municiones, es decir, más rico de lo que había pensado, y su enfermedad era, efectivamente, 'galante'. Había llegado a mí de casualidad. No quería que lo tratara el médico de familia de sus padres. Entonces, abrió la guía de direcciones de médicos, marcó con el lápiz un nombre —el mío— y de inmediato vino a verme. Lo traté animada y meticulosamente. Me cayó bien. Le conté anécdotas. Cuando estuvo curado, me reconoció que casi lamentaba no tener otra enfermedad inocua mientras duraran sus vacaciones. Lo revisé; por desgracia estaba muy sano. Le pregunté si al menos había algo que lo apasionara.

—No —dijo—. Salvo la música, nada.

La música, usted sabe, también es mi pasión. En resumen: la música nos hace aliados y luego amigos".

En ese momento, el doctor Skowronnek hizo una pausa. Luego, dijo:

—Fuimos buenos amigos hasta que murió.

—Entonces, ¿murió joven? ¿Así, de repente?

—Joven y lentamente, a causa de una de las enfermedades más comunes y peligrosas: murió a causa de una mujer, de su mujer…

III

"**N**UESTRA AMISTAD CONTINUÓ, INCLUSO cuando se terminaron sus vacaciones y volvió a viajar a Londres. Es más: la distancia fortaleció la amistad. Casi todas las semanas nos escribíamos cartas. El ambiente en mi consultorio era deplorable; esperaba por horas a que llegara algún paciente y leía policiales. Un día, me escribió para que fuera a visitarlo a Inglaterra por un par de semanas.

»Viajé a Londres. No entendía ni una palabra de inglés, por lo que estaba obligado a recurrir a su ayuda a cada instante. Usted puede reconocer a la gente de lo que se llama 'buena raza' porque es imposible que uno sienta gratitud por su ayuda, sea grande o chica, y mucho menos expresarla. Nunca o casi nunca se va a encontrar en una situación en la que le diga '¡muchas gracias!' a un caballero de verdad. Sí, se las arregla para que uno crea siempre que sus mínimos servicios y favores lo benefician a él, y el desamparo de uno es en realidad por su propio bien. Lo mismo sucedía con mi amigo. Nunca vi un anfitrión tan distinguido. Su comportamiento discreto me hizo pensar, luego de un tiempo, que él tenía una especie de sentimiento de culpa para conmigo. Me avergonzaba. Pensé en aquel día en el que me vino a ver, y que por vanidad necia y profesional lo había dejado en la sala de espera, y una vez le confesé que le había hecho esperar sin motivo alguno. Él no me entendió o hizo como si no me hubiera entendido.

—Quizás —me acuerdo que me dijo— sí tenía algo que hacer, solo que ahora no se acuerda. Además, a mí también a veces me pasa que hago esperar a la gente aunque no esté ocupado. Me tengo que concentrar antes de recibir a un extraño. Es totalmente entendible.

»Si bien antes había pensado que tenía un talento mediocre, con el tiempo me convencí de que su enfática mediocridad era solamente una distinguida humildad, como sucede muchas veces con la gente de buena raza. No tenía ni la más mínima ambición. Con frecuencia, me permitía que fuera a verlo en su actividad profesional. Una y otra vez observé que hacía el mayor de los esfuerzos —comprensibles, igualmente— para no destacarse entre sus colegas. Era lo contrario a un diplomático ambicioso. Conocía todas las tonterías que hacían sus colegas, pero se esforzaba por no parecer más inteligente que ellos. El plebeyo es ambicioso. El hombre realmente noble es anónimo. Existe una fuerza en la nobleza innata que es mayor que la luz de la gloria, el brillo del éxito, el poder de la victoria. La ambición, como dije, es característica del plebeyo. Él no tiene tiempo. No puede esperar para alcanzar el honor, el poder, la honra, la gloria. El hombre noble puede esperar, incluso para quedar relegado.

»Mi amigo también era así. Aunque yo era más viejo, empecé a sentir una especie de respeto por él. Lo quería y lo admiraba. Antes de que me fuera, me confesó que estaba enamorado. Es comprensible que un hombre joven se enamore. Yo mismo, que en ese entonces todavía no era el ginecólogo astuto que soy hoy, también me enamoré un par de veces, como usted ya sabe. Pero, como se trataba de mi amigo, me asusté. Porque sentí que ese distinguido hombre debía estar a merced de un sentimiento muy profundo, inconsciente, y que estaba en su naturaleza dotar al objeto que creía amar de las mismas nobles características que él mismo poseía. Si para las personas comunes el amor es ciego, como se dice, ¡cuánto más para las agraciadas y distinguidas!

Entonces, me asusté. Y le dije a mi amigo que quería ver a su enamorada.

—Usted también se va a enamorar —me contestó, con la ingenuidad de los enamorados que creen que el objeto de su amor es irresistible.

¡Bien! Así fue como una noche nos juntamos los tres.

»Ella era una joven dama de lo que se dice buena sociedad. ¡Hermosa, sin dudas! Una joven rubia de ojos claros, dientes fuertes, un mentón un poco largo e insulso y una muy buena figura. Sin dudas, tenía 'modales', como se dice. También provenía de una buena familia. Y, sin dudas, ella también estaba enamorada de mi amigo, ¿por qué no? Tan enamorada como lo pueden estar las chicas de buenas familias; amar a un joven de ese estatus es como cometer un pecado sin correr peligro, un placer culposo sin consecuencias malditas o punibles. Las chicas así no están hambrientas, solamente son golosas. Bajo determinadas circunstancias, el hambre a saciar trae terribles castigos. Pero saciar el engolosinamiento no implica ningún daño, solo lujuria y la satisfacción de haber podido correr un riesgo mínimo. Es como la diferencia entre ir al zoológico e intentar entrar a la jaula de los leones. Mi amigo no sabía nada de todo esto, obviamente. A él le parecía que el hecho de que la hija de una de las mejores familias inglesas lo besara en secreto era prueba suficiente de su profundo amor por él. Para él, era como si ella hubiera recorrido mil kilómetros sorteando toda clase de peligros en algún desierto solo para concederle un beso. Él la creía valiente, osada, abnegada y, además, inteligente.

»¡Pero era muy tonta! Lo es todavía. Ella lo llevó a la tumba. Está más vieja y más fea, pero sigue siendo tonta. Así de injusta es la naturaleza, que con maldad enceguece a los hombres cuando aman, pero también compensa esa injusticia al dejar que se extinga muy rápido el esplendor de las mujeres que alguna vez encandiló a los hombres, y al obligar a las damas entradas en años a recurrir a la dudosa ayuda de peluqueros, masajistas y cirujanos para que les devuelvan un poco la forma a sus pechos, abdómenes, mejillas y muslos caídos. Las mujeres que alguna vez fueron bellas terminan en la tumba como una especie de figuras de yeso retocadas. Pero la naturaleza premia a los hombres que fueron lo suficientemente sabios como para no morir por ellas: llegan al seno de Dios revestidos de la dignidad de plata y de la no menor dignidad de la fragilidad.

IV

EN LOS MEJORES CÍRCULOS, el compromiso suele preceder al casamiento como el trueno al rayo. Mi amigo se casó poco tiempo después de mi partida, se fue de luna de miel y, al regresar, pasó por mi ciudad y me visitó con su mujer. Los dos eran muy hermosos; era agradable verlos; parecían haber sido hechos el uno para el otro. A la noche, los acompañé a un local que frecuentaban oficiales, altos funcionarios, nobles y algunos terratenientes. En los que se suelen llamar 'buenos locales' de una ciudad promedio se estila mirar a cada cliente, y más aún a aquellos que son desconocidos. Pero la sensación que causó mi amigo cuando entró con su mujer no fue la habitual, fue más bien como la sorpresa que expresan los desprevenidos ante un fenómeno natural extraordinario. Era como estar en un cuento. La gente que estaba hablando enmudeció. Los mozos detuvieron sus asiduas rondas. El chef se olvidó de hacer una reverencia. Era una cálida noche de verano, las ventanas estaban abiertas y el viento, casi imperceptible, hacía mover las cortinas rojas. Pero a mí me dio la impresión de que también las cortinas habían detenido sus movimientos.

»Mis amigos surtían el mismo efecto que los dioses. Mi amigo lo notó y se apuró para ocupar el primer reservado libre. Pero su mujer parecía no haberse percatado del silencio casi incómodo que se había producido. Llevaba puestos unos impertinentes; en ese momento, mucha gente los usaba porque estaban de moda, no importaba si los necesitaban o no. Se los llevó a los ojos, por un instante, claro; una fracción de segundo. Enseguida los dejó caer. Pero mi amigo se dio cuenta, y le debe haber afectado igual que a mí, porque instintivamente le tocó el brazo a su mujer. Fue una advertencia tierna y suave.

»Cuando nos sentamos en el reservado, la mujer de mi amigo se puso los impertinentes un par de veces más. Estoy convencido de que no tenía ni el más mínimo interés en lo que estaba pasando en el salón. Probablemente estuviera mirando la araña de cristal. Pero a mi amigo y a mí nos encrespaba la manera en la que se llevaba los anteojos a la cara. Era un movimiento de gente altanera; esos impertinentes eran para gente altanera, y la mujer más humilde que los use puede parecer muy arrogante en un contexto determinado. Conocí damas distinguidas y, de hecho, miopes que tenían una manera muy especial de usarlos, casi que estaban avergonzadas, igual a esa manera especial de levantarse la falda. ¡Estaba claro que a la mujer de mi amigo no le faltaban los buenos modales! Pero le faltaba la verdadera nobleza. Es algo que no tiene que ver con lo que se hace, sino con lo que se omite. Consiste, principalmente, en sentir lo que puede 'ofender' a otros, en sentirlo antes de que suceda. La mujer de mi amigo hacía lo contrario. Como una pequeña burguesa de Londres, se burlaba de la elegancia promedio de nuestra ciudad, de la actitud despreocupada de los oficiales, de la diligencia servicial del personal, de los sombreros pasados de moda de las damas. Mi amigo se reía, enamorado, preocupado y avergonzado al mismo tiempo. De vez en cuando, intentaba protegernos. Incluso en un momento, me acuerdo, manifestó algo así:

—¡Pero Gwendolin! Tenés una lengua chiquita y filosa. ¡Si seguís parloteando así, te la va a tener que revisar el doctor! ¿No es cierto, doctor?

Y, como sintió que su broma no había caído bien, agregó muy serio:

—A mi mujer no le gusta estar acá. Mañana a la noche nos vamos.

Para que mi amigo no notara que yo había reconocido la mediocridad de su broma, intenté, por así decirlo, obedecer sus intenciones y dije:

—¡Muéstrele rápido su lengua al doctor! —ella alargó su lengüita angosta, de color rojo carmesí, y créame, es mi trabajo, lamentablemente tuve que ver miles de lenguas de mujeres; pero ahí, observando esa lengüita, tuve una impresión demasiado primitiva, pero muy convincente: era la lengua de una víbora. A la mañana siguiente, vino mi amigo a visitarme.

—Nos vamos hoy a la noche —dijo—. Vengo a despedirme.

—¿No voy a volver a ver a su hermosa mujer?

—Vaya a la estación a la noche, por favor. Vine hasta acá para despedirme yo solo.

»Observé que no estaba contento. Le propuse dar un paseo. Sé que hay cosas ocultas que son más fáciles de decir caminando que estando sentados. No hay que decirlas mirando a la cara. Tanto el que habla como el que escucha miran al suelo. Una calle ruidosa puede ser tan liberadora como el alcohol o, si prefiere, como el confesionario en una esquina silenciosa de una iglesia. Salimos a pasear. Allí me contó que ya durante la luna de miel Gwendolin y él habían tenido algunos desacuerdos. Todo empezó por la música. Ella amaba a Wagner. Él lo denostaba. Nada podía exacerbar tanto a un músico de su tipo —y del mío también— como el gusto por Wagner. Sin lugar a dudas, los amantes de Wagner son personas musicales. Pero las personas musicales se pueden dividir en dos grupos antagónicos: los amantes de Mozart y los adeptos a Wagner. ¿Se da cuenta de que no puedo ni decir amantes de Wagner? Digo 'adeptos'. Gente con oído para trombones y timbales, por un lado, y gente con oído para chelos, violines y flautas, por otro. Dos sordomudos se entienden mejor que dos personas de las cuales una ama a Mozart y la otra, a Wagner. Mi opinión es que a uno no le pueden gustar los dos. Yo creo que los que aman a los dos son sordos o, si tienen oído, son directores de orquesta. Bien, no tengo más nada que decirle: ellos congeniaban como Mozart y Wagner. Enseguida, supe que este matrimonio estaba roto. Pero dije:

—Toque piezas de Mozart en su casa, ame mucho, duerma con su mujer, pronto deberían tener un hijo. A veces, un embarazo es capaz de cambiar el gusto musical. Vaya con Dios.

»Nos abrazamos, ahora sí. Comprendí que jamás me hubiera dejado abrazarlo en la estación delante de su mujer. Fui hacia el tren. Gwendolin me dio la mano para que la besara y enseguida se subió al vagón, con una sonrisa barata en su graciosa boca. (Curiosamente, las damas sonríen igual que las prostitutas, esto es, cuando tienen despedidas convencionales; así sonríen las prostitutas cuando conocen a alguien). A mi amigo le habría gustado quedarse en el andén conmigo. Pero tenía miedo, era como si su mujer lo estuviera agarrando desde atrás. Se asomó a la ventana, me dio de nuevo la mano, y yo me fui, mucho antes de que el tren partiera.

V

NO CONOZCO LAS LEYES internacionales o las costumbres de los diplomáticos. Pero creo que no es usual que un diplomático se case con una mujer del país en el que oficia como su representante. Hay excepciones, me enteré de algunos casos. Mi amigo, sin embargo, no pertenecía a esos. Nuestro embajador de aquel momento debió haber tenido un formalismo estricto. Como mi amigo se había casado con una inglesa, tenía que abandonar Londres. Su nuevo puesto no era otro que Belgrado.

No mencioné que la mujer de mi amigo era hija única. Usted ya sabe: los ingleses viajan mucho por el mundo, conocen más países que otros europeos occidentales, pero no les gusta enviar a sus hijas a parajes inhóspitos. Todos los países merecen ser visitados, por poco o mucho tiempo, incluso el más inhóspito. Pero su domicilio permanente es

Inglaterra o, al menos, alguna de las mejores colonias inglesas. Probablemente, los suegros de mi amigo no hubieran estado en contra si, por ejemplo, él se hubiera ido a India. Pero Serbia les causaba un profundo horror. Gwendolin también sentía un miedo atroz por Belgrado y se rehusó a viajar cuando mi amigo le insistió que lo acompañara. A sus suegros protestantes, creyentes acérrimos y conocedores de la Biblia, les citó l»A famosa frase: la mujer tiene que acompañar al hombre a todas partes. Pero fue en vano. Había llegado el primer conflicto real. Mi amigo viajó a Viena. En el Ministerio del Exterior, intentó lo imposible para que le cambiaran su lugar de destino por París o, al menos, Madrid. Pero también fue en vano. Había otros antes; como usted sabe, en la antigua Austria había muchos protegidos. París, Madrid y Lisboa ya estaban ocupadas. Además, en Belgrado realmente necesitaban un buen consejo de legación. Allí podían condecorarlo. El barón S., jefe de sección del ministerio, apreciaba las cuali»Lades de mi amigo y estaba un poco preocupado por su carrera. Para ser breve: era imposible. Tenía que ir a Belgrado.

De casualidad —bueno, no de casualidad, no creo en las casualidades—, en abril de ese año yo iba a entrar a trabajar como médico del centro de rehabilitación. Dejé mi consultorio en febrero. La administración del centro me eligió a mí entre veinte médicos clínicos, otros pobres diablos como yo, seguramente. Supe valorar esa suerte. Le avisé a todo el mundo y, por supuesto, también a mi amigo en Londres, que me escribió diciéndome que era una maravillosa coincidencia: como él tenía que viajar a Belgrado alrededor de marzo, su mujer se podía quedar en Londres hasta abril, después venir a visitarme, pasar toda la temporada a mi cuidado y recién viajar a Belgrado en agosto. Mi puesto de trabajo era una suerte para él, no para mí. ¡Pobre! ¡No tenía idea sobre el efecto que causaban los centros de rehabilitación en determinadas mujeres jóvenes! Se iría a enterar más tarde.

VI

L A MUJER ESTUVO DE acuerdo con el plan. Mi amigo iba a viajar a Belgr»Tdo en marzo; ella iba a venir a verme al centro en abril. Mi amigo abrigaba la esperanza de que, si yo la trataba y se fortalecía gracias a las fuentes milagrosas de nuestro centro, ella pudiera ir al encuentro de su marido en Belgrado, quizás incluso con otra mentalidad, sin nostalgia ni preocupaciones.

Ahora, mire: hay muy pocas mujeres con las que uno puede aco»Edar algo. No porque no mantengan su palabra o mientan intencionalmente: ¡no! Su cuerpo no soporta acuerdos firmes. Si deciden mantener un convenio, su cuerpo, sin quererlo, se defiende. Se enferman.

La esposa de mi amigo no pertenecía para nada al»¿pequeño grupo de mujeres con las que uno puede acordar algo. Más bien pertenecía a ese grupo de mujeres que se enferman, es decir, mujeres cuyos cuerpos se defienden frente a intenciones honestas... y de hecho ella se enfermó, justo un día antes de que él tuviera que viajar a Belgrado. ¡No era ella, entiéndame bien! Su cuerpo no quería aceptar lo inevitable. ¿Qué era lo que le dolía? Solo Dios lo sabe, Él, el que creó a Eva. Un ginecólogo muy pocas veces sabe lo que le duele a una mujer.

Empezó como un dolor en el estómago y en el útero. Los médicos de Londres decretaron rápidamente que era apendicitis, como es común en esos casos. Mi amigo pidió que lo esperaran dos días más para comenzar en su nuevo puesto. La mujer fue operada. El apéndice, como ocurre con la mitad de los apéndices que se extraen, estaba inflamado (el suyo, el mío, todos lo están). Los médicos y mi amigo creyeron que la mujer se había salvado de un peligro mortal. Mi amigo, contento como cualquier enamorado cuya mujer se salva de una desgracia, partió hacia su nuevo trabajo en Belgrado.

Todo siguió según lo acordado. A mediados de abril, la señora Gwendolin vino al centro de rehabilitación. La fui a buscar a la estación de tren, por supuesto. Parecía una diosa, una diosa sin apéndice, una diosa convaleciente; doliente y triunfante a la vez, de su convalecencia sacaba toda clase de fuerzas para su triunfo. Como es de suponerse, me llevó como media hora buscar y guardar todas sus valijas.

Eran como doce. Había suficiente ropa como para vestir a veinte mujeres por dos, tres años. Llevé a la señora Gwendolin al Hotel Imperial y le pedí que fuera a verme al día siguiente. Vino, la revisé. Me acuerdo muy bien, no solo porque Gwendolin era la mujer de mi amigo, sino también porque era una de mis primeras pacientes. Ya no tenía apéndice. Se podía ver el corte, pero la mujer afirmaba que le habían 'dejado algo adentro'. Tenía hambre, mareos, le dolía el corazón, sufría de palpitaciones, dolor de estómago, calambres y hambre, siempre tenía hambre. Todos signos de un embarazo, como usted sabe. Pero no, ¡no estaba embarazada! Es casi lo único que un ginecólogo puede confirmar con seguridad. ¡No estaba embarazada! Luego de reflexionar un poco, llegué a la conclusión de que se trataba de la más banal de las enfermedades»¿ Esta dama bella y elegante —nada de lo humano me es ajeno— tenía la lombriz solitaria.

¿Pero cómo podía decírselo sin ofenderla? Empecé, primero, a hablar de parásitos, de los más inofensivos a los más peligrosos, y le expliqué que la lombriz solitaria era uno de los enemigos más peligrosos para la belleza femenina. Cuando finalmente logré convencerla de que su parásito era extremadamente interesante, empecé con las prescripciones. Dieta y recetas. Y desde que existen las lombrices solitarias nunca se la tomó a una tan en serio. Para la señora Gwendolin, este parásito tenía un carácter especial. Lo culpaba de todos sus antojos y debilidades. Una mañana, por ejemplo, vino a verme y dijo: 'Vea, hoy a la mañana me despertó él, ¡quería tomar champán!'. Él, claro está, era el parásito. Y en otra ocasión: 'Yo quería quedarme en casa, como usted me indicó, doctor, pero él no quería, me produjo mareos, tuve que salir, ir a bailar'. Y así sucesivamente. Apreciaba más al parásito que a su marido. La seducía, era indulgente, era su héroe. Le daba todo lo que una mujer como ella necesitaba: compasión, debilidad, lujuria, antojos. La dejaba bailar, tomar, comer, el parásito le justificaba todo lo que estaba prohibido. Cargaba con todos los pecados de su conciencia, por así decirlo. Y, una semana después, cargó con un pecado real.

¿Me daría la razón si le digo que quizás yo sea el único médico del mundo que ha tratado una lombriz —o, más bien, una víbora— solitaria como esta?

VII

UNA SEMANA MÁS TARDE, mi amigo me escribió desde Belgrado para que no me olvida»Ya del cumpleaños de su mujer. Era el primero de mayo, una fecha fácil de recordar. A la tarde temprano, antes de comenzar con las consultas, fui al Hotel Imperial con un gigantesco ramo de rosas rojas para mi protegida. En realidad, me hubiera gustado dejarlas abajo, con el encargado. No sé a usted, pero a muchos hombres les pasa lo mismo que a mí: nos sentimos ridículos llevando un ramo de flores. Un hombre que se respeta a sí mismo no debe ir cargando flores. Pero se trataba de la mujer de mi amigo, mi protegida, mi paciente, y era 'la cumpleañera'. Decidí, entonces, poner el ramo debajo de mi brazo y subir al ascensor. Me anuncié en el primer piso. Vi que el camarero golpeaba la puerta de la señora Gwendolin, una, dos, tres veces. No hubo respuesta.

—Puede ser que la dama esté durmiendo o duchándose —dije.

—No —respondió el camarero—, recién le traje una botella de champán con dos vasos.

—¿La vino a ver alguien?

—Sí, el doctor de la habitación 32.

—¿Y ese quién es?

—Un abogado joven de Budapest, el doctor Jenö Lakatos.

Ya tenía información suficiente. Era mi primera temporada en esa clínica de rehabilitación, pero yo no me comía los mocos, como se dice, y sabía muy bien lo que buscaban los jóvenes abogados de Budapest en lugares como este. En general, de entrada, por así decirlo, yo no tenía nada en contra. Pero acá estábamos hablando de la mujer de mi amigo, de la que yo era, hasta cierto punto, responsable. Yo mismo me sentí engañado. Nunca me casé. Pero, según mi experiencia, no hace falta casarse si uno tiene amigos que sí lo hicieron. En cierta medida, es como casarse con las mujeres de todos los grandes amigos, divorciarse de ellas y ser engañado... salvo que casualmente uno sea el hombre con el que ellas engañan.

Ahí estaba yo, sin saber qué hacer, en el noble y deslumbrante pasillo blanco del hotel, parado sobre la alfombra roja y mirando perplejo al camarero vestido de azul, con el ramo de flores bajo el brazo, todo muy ridículo, ¿no? Sentía que las hermosas rosas se marchitaban en mi cintura, ya eran cadáveres los que llevaba. Decidí que volvería a bajar. Pero de ponto se abrió la puerta y apareció la espalda del joven Lakatos de la habitación 32. Lo vi primero de atrás, pero fue suficiente. Una cabeza chiquita, redonda, pelo negro, brillante y engominado, como si la naturaleza misma fabricara pelucas. Su torso era cuadrado, parecía un ropero. La parte de abajo, la que no se menciona, era al menos seis veces más ancha que la cabeza; llevaba pantalones de un gris claro y zapatos amarillos brillantes. Ese era Lakatos. Desde la puerta semiabierta, tiró unos besos hacia la habitación, lanzó unas risitas, hizo una reverencia, cerró finalmente la puerta, se dio vuelta… y nos vio al camarero y a mí. Su rostro, que constaba solamente de unos ojitos negros, una naricita y un bigotito negro como el carbón, parecía hecho de cera, de cera roja. Su piel no tenía color, sino más bien una especie de maquillaje. Por cierto, no se inmutó ni un poco al vernos. Nos sonrió. Metió las manos en los bolsillos del pantalón y se fue a su habitación, la número 32. Cómo me hubiera gustado haberle golpeado la cara con mi gran ramo de rosas. De ese modo, hubiera sabido por qué, por primera y única vez en mi vida, iba arrastrando flores. Pero tenía que ver a la señora Gwendolin y saludarla por su cumpleaños. En un ataque de loco desconcierto, le dije al camarero:

—¡La señora está muy enferma! Tiene un parásito.

—Por supuesto, doctor —dijo el chico—. Se acaba de ir".

VIII

EL DOCTOR SKOWRONNEK HIZO una pausa, miró el reloj, pidió un coñac y dijo:

—Veo que lo estoy reteniendo hace rato. Tenga paciencia. Ahora viene la historia que le quería contar. Tomó el coñac y continuó:

"Lo que le conté recién sucedió en 1910. Recordará que por aquella época había conflictos bélicos en los Balcanes; el puesto de trabajo que tenía mi amigo no era para nada sencillo. Sus cartas fueron escaseando; visitaba a sus padres dos o tres veces al año. Solo lo vi fuera de temporada, es decir, cuando durante un invierno vino de casualidad; yo todavía vivía en esa ciudad promedio en la que había empezado con mis prácticas, solo en primavera me mudaba al complejo de rehabilitación.

»Las visitas de mi amigo eran tan cortas que casi ni teníamos él para ir a algún concierto y, mucho menos, para tocar juntos. Las pocas noches en las que nos encontrábamos, preferíamos quedarnos charlando. Pero en el transcurso de esos años no volvimos a tener una conversación real. Éramos amigos gracias a la música. Sin música —en ese momento, se hizo evidente—, el corazón de mi amigo, discreto por naturaleza, se endurecía. Nos sentábamos, férreos, uno al lado del otro, pero nos separaba un muro de hielo. Los dos evitábamos cruzar miradas. Y cuando estas se encontraban por un segundo era casi como un roce físico, tierno, pero fugaz. 'Si supieras…', parecían decir sus ojos. Y los míos: 'Contame, ¿qué pasó?'. No había caso. Faltaba la música. Ella por sí sola había sido el fuego fecundo de nuestra amistad. Mi amigo estaba avergonzado, eso sí lo sabía. No hay nada que le impida tanto hablar a un hombre distinguido como la vergüenza. Cuando un hombre distinguido se siente avergonzado, calla, oculta incluso lo que es importante, y la vergüenza puede llevarlo a caer en la debilidad humana más vulgar de todas: la mentira. Sí, varias veces tuve la sensación de quemi amigo mentía. Pero usted me conoce: no soy un moralista. Eso quiere decir que no juzgo a las personas por sus acciones y sus palabras, sino por los motivos de sus acciones y sus palabras. Y yo hice como si sus mentiras fueran puras verdades. Pero él sentía que yo también mentía. Nuestras conversaciones eran patéticas. Su cara era distinta. A pesar de ser joven, tenía canas en las sienes, y la piel, en lugar de sana y bronceada, estaba pálida y amarillenta. Sus ojos, antes bellos y claros, estaban cubiertos por un velo gris, el velo gris de la mentira. Todas las veces que vino a visitarme durante esos años, noté que sus hombros estaban más estrechos y caídos; su espalda, más encorvada; sus brazos, más fláccidos. Yo siempre le preguntaba por su mujer. Entonces empezaba a contarme sobre ella, me contaba tantas cosas que me hacía pensar, y con justa razón, que era más lo que callaba que lo que contaba. Era como una persona desnuda queriendo taparse con mucha mucha ropa. La señora Gwendolin —me quería hacer creer mi amigo— era obediente, risueña, fiel, seria y divertida a la vez, un demonio de fuego y un hada bondadosa, un ama de casa y una atractiva bailarina, seductora y extraordinariamente recatada, una dama y una chica dulce. En resumen: la esposa que todo diplomático necesita.

»A veces, le preguntaba qué había pasado con el parásito, recordando la respuesta descarada del camarero del hotel Imperial. 'Mi mujer está totalmente curada', decía mi amigo. Yo no lo dudaba. De su salud, después de todo, nunca había dudado.

IX

LUEGO LLEGÓ LA GUERRA. »Mi amigo (teniente del noveno regimiento de dragones) se incorporó a las filas el primer día de la movilización. Su regimiento se apostó en la frontera rusa. La señora Gwendolin vino a nuestra ciudad, a la casa de los padres de mi amigo, con una carta de recomendación dirigida a mí. Allí, mi amigo me pedía que llevara a su mujer conmigo para la temporada y que —lo cito— 'la cuidara'.

»En aquella época, era de esperarse que una campaña durara meses, como usted sabe. Yo incluso presentí que podía durar años. Y sabía que no iba a ser posible que yo 'cuidara' a su mujer. Pero hice lo que me pidieron. Para la temporada, llevé a su mujer al centro de rehabilitación conmigo.

»Desgraciadamente, ni bien había comenzado la temporada, recibí la orden de oficiar como médico militar, y dejé a la señora Gwendolin al cuidado de uno de mis colegas, que por un defecto físico —tenía una joroba— estaba eximido de prestar servicio.

»Recién dos años después —había estado trabajando en un hospital para enfermos de tifus y yo mismo contraje la enfermedad—, pude volver a la retaguardia. Por las mañanas, era un médico militar en uniforme y revisaba a soldados enfermos. Por las tardes, me ocupaba de las pocas mujeres enfermas cuyos hombres, en su mayoría, estaban en el campo de batalla, y a las que podría haber dejado al tratamiento menos discreto de mis soldados convalecientes con la conciencia tranquila. Eran buenos tiempos para las damas. Un Lakatos, como el que aquella vez había visto salir de la habitación de la mujer de mi amigo, no le llegaba ni a los talones a los campesinos robustos de Bosnia, Herzegovina, Croacia, Eslovenia. Las fuentes milagrosas de nuestro centro nunca habían tenido tanto poder curativo como el que tuvieron durante la guerra, cuando los buenos soldados esperaban en nuestra sala por su sanación.

»La señora Gwendolin, por supuesto, también estaba allí... Parecía haberse olvidado de su patria, de la Inglaterra enemiga, de su origen. Probablemente, la virilidad extremadamente variopinta del ejército austro-húngaro había extinguido en su hermoso pecho cualquier tipo de sentimiento hacia Inglaterra.

Se había convertido en una patriota austríaca. ¡No fue ninguna sorpresa! Solo el amor determina los comportamientos de las mujeres. Cuando terminó la guerra, mi amigo volvió. Todavía seguía enamorado y, como todo hombre enamorado, estaba convencido de que su mujer le había sido fiel durante todo ese tiempo. No hace falta que le diga que la señora Gwendolin estaba bastante irritada por el fin de la guerra y quizás, también, por el regreso de su marido. Cayó en los brazos de su marido con la destreza que había adquirido en el transcurso de esos años, y mi amigo, por supuesto, interpretó que estaba siendo apasionada con él.

»El Imperio austrohúngaro no existía más. Mi amigo, que bien podría haber continuado su carrera en Austria, ahora empequeñecida y cambiada (en el fondo, era un diplomático apasionado), renunció a su trabajo. Ya tenía dinero suficiente. Los padres de su mujer también eran lo suficientemente ricos. Y decidió dedicar su vida a la señora Gwendolin.

X

Viajaron por los países que habían permanecido neutrales. Mi amigo deseaba, según sus palabras, volver a encontrar 'la vieja y querida paz'. No la encontró en ningún lado. Regresó a su hogar. La fábrica de su padre ya no podía seguir produciendo armas ni municiones. Las armas que quedaban tenían que ser destruidas o entregadas a las potencias vencedoras. Un día, el padre de mi amigo se enfermó. Pero no se podía dejar que la fábrica se fuera a pique así nomás. Otras fábricas de municiones habían logrado transformar sus talleres: en lugar de granadas y cañones, fabricaban bicicletas, piezas de máquinas, coches, ruedas, automóviles. Mi amigo también quiso intentarlo. Con la meticulosidad que lo caracterizaba, empezó a estudiar las ramas industriales desde cero. Visitó fábricas en Inglaterra, Alemania, Suiza.

Cuando creyó tener experiencia suficiente, volvió: él solo; a su mujer la había dejado en lo de sus padres. Tenía espíritu emprendedor, estaba lleno de esperanzas. Casi parecía que le daba la bienvenida al destino que lo había echado de su carrera nobiliaria. De hecho, e»¡a hábil para los negocios, tenía un instinto para las personas y las cosas. Nos encontrábamos a menudo. Naturalmente, tocábamos juntos e íbamos a conciertos.

»Una vez vino a visitarme a una hora inusual. Él sabía que yo solía irme a dormir tarde. Era la una de la mañana. Puso un portafolio sobre enmesa, se quedó parado frente a mí y preguntó:

—Dígame la verdad, usted lo sabe, ¿mi mujer me es fiel? ¿Me engañó? ¿Cuántas veces? ¿Con quién?

»Una situación difícil, usted comprenderá. Las leyes de la caballerosidad prohíben delatar a una mujer. Además, ya había visto algunas veces que la ira de los hombres enamorados no se dirige contra las mujeres que los engañan, sino contra los amigos que les avisan y les advierten. Al día de hoy, todavía no sé qué obligación es más acuciante: proteger a la mujer o decirle la verdad al amigo. En el transcurso de mi larga carrera como ginecólogo, siempre me comporté, por así decirlo, como un caballero, es decir, me acostumbré a tratar con consideración a las mujeres, pero también soy cada vez más desconsiderado a la hora de juzgar al sexo débil, cuyos poderes nunca podremos igualar. Él era mi mejor y único amigo. Lo miré, me quedé sentado y le dije con calma:

—Su mujer lo engañó muchas veces.

»Se sentó, dio vuelta el portafolio y vació su contenido sobre la mesa: cintas militares, escarapelas, flores, botones de metal, espejitos, muchas de esas cosas que los soldados acostumbran regalar a las chicas durante la guerra.

»También había cartas de amor, tarjetas coloridas, grandes, chiquitas, sencillas, y postales azules militares. Mi amigo estaba ahí parado, mirando fijamente esa montaña colorida de cosas. Luego, me miró por un rato largo y preguntó:

—¿Por qué no me dijo nada?

—No era asunto mío —respondí.

—¡Ah, claro! —gritó de repente—. ¡No era asunto suyo! ¿Sabe qué? ¡Me importa un comino su amistad! ¡Escuche bien, usted me importa un comino!

»Juntó todos los trastos y los guardó en el portafolio, lo cerró, no me volvió a dirigir la mirada y se fue.

»'¡Acabo de perder a un amigo!', me dije. Y eso es peor, mucho peor, que perder a una mujer.

»Todavía me quedaban dos semanas, pero a la mañana siguiente me fui al complejo de

rehabilitación. Allí me reenviaron un ofuscado telegrama de la señora Gwendolin. Ella quería que
también le dijera la verdad: si su marido estaba enfermo, que no sabía por qué, de repente, tenía que
ir a verlo.

»Así como estaba el telegrama, se lo reenvié a
mi amigo.

XI

CUATRO SEMANAS MÁS TARDE, los dos vinieron a verme de improviso. Es decir, primero entró mi amigo, de golpe, en la habitación. Había sucedido algo terrible. Me contó, atropelladamente, que habían tenido una de esas típicas discusiones. Su mujer intentó negar todo. Él le nombró y mostró las 'pruebas irrefutables'. Ella decidió —llorando, claro— volverse a Londres para siempre. Ya tenía armadas las valijas y había comprado el boleto. Una hora antes de que saliera su tren, fue a verlo a la fábrica: la famosa 'última despedida'. Llevó flores, por supuesto. Es increíble, pero la vida es la copia miserable de una mala novela. O, como verá en seguida, de un manual de medicina. Ella se comportó de manera extraña. Se arrodilló y besó a mi amigo en las puntas de los zapatos. Él no pudo hacer nada. Ella, además, le pegó en la cara. Después, cayó al suelo, tiesa como un maniquí. Nadie podía levantarla. Estaba adherida a la alfombra, como si la hubieran soldado. Luego empezó a convulsionar. La llevaron a la casa, llamaron a diferentes médicos, la trasladaron a Viena para que la vieran eminencias. Decían que su estado era malo casi todo el tiempo, pero dentro de la enfermedad se producían algunos cambios favorables. Se le paralizaba un brazo, una pierna. A veces, le estaba la cabeza; otras veces, un párpado. Durante días, no podía ni comer, vomitaba solo con ver la comida. Un par de veces, la llevaron en camilla a la iglesia, quería rezar. Estaba enojada con su marido. Ella creía que era el causante de su sufrimiento.

»Mi pobre amigo se consideraba efectivamente culpable.

—La destruí —dijo—. ¡Es mi culpa! Todo lo que ella hizo fue por mi culpa. Yo estaba ciego y sordo. A las mujeres jóvenes no se las deja solas. ¿Qué iba a hacer ella, día y noche, sin mí? ¡Y la forma en la que me desquité, fui muy brutal! ¡Pero no me dolió para nada! Solo mi orgullo miserable estaba ofendido. Vanidad enferma, viril, estúpida. Ningún doctor la puede ayudar. ¡Solo usted puede, mi amigo! ¡Le pido perdón por todo!

—¡Yo tampoco puedo ayudarla, mi pobre y querido amigo! —dije—. Ella es la única que puede ayudarse, si quisiera. Pero está enferma justamente porque no quiere ayudarse. En medicina decimos que 'se refugia en la enfermedad'. Es incluso un ejemplo perfecto para este fenómeno patológico. Solo puede hacer una cosa: salvarse usted mismo. Ponga a su mujer en un buen sanatorio.

—¡Nunca! —gritó—. Nunca la voy a dejar.

—¡Bien! —dije—. Como usted quiera. Vayamos a verla.

»Ella me recibió con una sonrisa encantadora y a su marido, con una mirada severa. Ninguna actriz, por más brillante que fuera, podría haberlo hecho igual. Su ojo derecho me miraba radiante; su ojo izquierdo le lanzaba rayos tenebrosos a mi amigo. El día anterior mismo sus párpados habían temblado. Ahora solo podía darme la mano izquierda; la derecha estaba tiesa. ¿Las piernas? Tenía las piernas bien.

—¡Levántese! —le ordené, con el mismo tono con el que antes tenía que hablarles a los soldados. Se levantó—. ¡Acérquese al piano! Vamos a intentar tocar algo.

»Se acercó al piano. Nos sentamos. Y a mi amigo le entregué una ofrenda impensada. Vea: yo toqué… bueno, ¿qué cree que toqué? ¡Wagner! ¿Y qué pieza de Wagner? 'El coro de peregrinos'. Y su mano derecha se movió.

—¡Wagner es un gran maestro! —dijo ella cuando terminamos.

—¡Claro que sí, distinguida señora! Como remedio para damas enfermas, es insuperable —contesté.

—¡Usted es el único médico que hay en el mundo! —dijo mi amigo, exultante. Imagínese, ¡él ni se había dado cuenta de que era la primera vez en mi vida que tocaba Wagner!

¡Ella podía hacer todo eso y mucho más! A partir de ese momento, solo me dejaba tomarme unas pocas pausas durante el día; a mi amigo, ninguna. Nos sentábamos día y noche al lado de ella o, mejor dicho, alrededor de ella. En los pocos ratos en los que podía estar solo o, más bien, ocuparme de mis otras pacientes, mi amigo no la tenía fácil. Yo sentía el fervor con el que él me esperaba. Cuando llegaba, me abrazaba, se quedaba un rato conmigo en el recibidor; sabía cuánto deseaba estar a solas conmigo, dos horas, una noche; sentía el latido de su corazón, su corazón pobre y miedoso, el corazón de un esclavo al que el ama espera, amenazante. Cuando entrábamos a la habitación, la mujer siempre preguntaba: '¿Por qué tardaron tanto ahí afuera? ¡Hace calor! ¡El doctor no tiene abrigo! ¿Me están ocultando algún secreto? ¡Ay, Dios! ¡Siempre me están engañando!'.

»Un día, no pude contenerme y le contesté:

—A todos les llega su turno.

»Ese día se vengó. Su pie izquierdo se entumeció, se enfrió, y tuve que frotárselo durante una hora. Mi amigo estaba en la cabecera de la cama y le acariciaba el pelo. No dijimos ni una palabra. Cuando el pie estaba volviendo a su temperatura normal, le pregunté a mi amigo:

—¿Y qué pasó con su fábrica?

—¿Fábrica? ¿Qué fábrica? —gritó la enferma.

—Tranquilizate —dijo él—, el doctor se refiere a mi fábrica. La vendí hace rato ya, mi querido. Estamos viviendo del dinero que tenemos en las cuentas.

»Escenas como esas se repetían todos los días. Algunas veces, salíamos los tres juntos. Llevábamos… no, arrastrábamos a la mujer entre los dos. El dulce lastre colgaba de nuestros brazos. Comíamos, tomábamos y callábamos.

»Una vez, recuerdo, fuimos a bailar. Usted sabe que yo no soy un bailarín apasionado. Odio todo tipo de exhibicionismo, y el baile, sinceramente, se convirtió en eso desde que terminó la guerra. Pero como una vez, por mi amigo, había tocado Wagner con su mujer, decidí también bailar con ella. ¡Las cosas que tiene que hacer un ginecólogo! Bueno, bailamos. En medio del zarandeo, ella me susurró:

—Lo amo, doctor, lo amo solo a usted.

»Por supuesto que yo no contesté nada. Cuando volvimos a la mesa, le dije a mi amigo:

—Su mujer me acaba de declarar su amor. Soy el único médico al que ella ama.

»Unos días más tarde, cuando la temporada ya había finalizado, le aconsejé a mi amigo viajar a Inglaterra con su mujer, a la casa de sus suegros y —si quería— venir a visitarme el año siguiente.

—El año que viene, ya curados, vamos a verlo —dijo. Y viajaron hacia Londres.

XII

AL AÑO SIGUIENTE VOLVIERON, pero de ninguna manera estaban curados. Y hablo por los dos, porque mi amigo estaba igual de enfermo que su mujer. El tifus es menos contagioso que la histeria, sépalo. Un loco es peligroso no porque pueda amenazar físicamente a su entorno, sino porque destruye gradualmente la cordura de su entorno. La locura en este mundo es más fuerte que el sentido común; la maldad es más poderosa que la bondad.

»Durante el invierno, casi no recibí noticias de mi amigo. Quizás no había sido un buen consejo el que le había dado. La maldad de su mujer, en la casa de sus padres, recuperó nuevas fuerzas; es más, allí podía incluso forjar sus armas. Ni médicos, ni hipnotizadores, ni curanderos, ni mesmeristas, ni curas, ni comadres: nadie ni nada podía ayudarla. Un día, dijo que no podía mover más las piernas. Curiosamente, ocurrió poco después de una noche en la cual su marido —junto con su suegro— se había ido a un banquete por primera vez desde que ella se había enfermado. Las piernas estaban efectivamente tiesas. Una muleta, una pata de palo o prótesis tenían más movilidad. Pero sus piernas, inmóviles e inmovilizadas, se demacraban con rapidez, mientras que su tronco se agrandaba sin parar. Había que llevarla en una silla de ruedas. Y, como ella no permitía que nadie estuviera alrededor suyo, estaba claro que su marido, mi amigo, era quien tenía que llevarla. Cuando él vino a verme, estaba más viejo y más canoso. Pero había algo peor: este noble ser humano había incorporado la postura y la actitud de un sirviente... qué digo: de un esclavo. Como un recluta ante el llamado de un sargento, así se paralizaba cuando ella lo llamaba. La voz de su mujer se había vuelto ronca y aguda a la vez. Cortaba el aire como una sierra afilada. Tenía ojos fulgentes, risueños, serenos; una sonrisa agradable, mejillas rosadas que se agrandaban más y más, una hendidura en el mentón que engordaba más y más; parecía un angelito parapléjico, sin alas, con piernas miserables, flacuchas, duras e inmovilizadas. Pero mi amigo, como dije, parecía un lacayo. Un antiguo cochero se hubiera visto como un príncipe a su lado. Caminaba en puntas de pie, con los hombros torcidos, las piernas dobladas, tal vez porque debía empujar la silla con su dulce lastre para siempre. Golpeado, sí, esa es la palabra correcta: ¡parecía golpeado! Ella quizás le pegara de vez en cuando. Le pregunté cómo iba la cuestión del amor, es decir, el amor físico. Imagínese: este hombre tenía que desvestir a su mujer todas las noches, cargarla en sus brazos hasta la cama y acostarse a su lado, claro. El pobre tenía miedo de que su mujer volviera a engañarlo si no la amaba. Sí, ¡todavía estaba loco por su belleza! ¡Me habló de su belleza a mí, que había visto su enorme tronco y sus piernas tan delgadas!

»Lo que más le molestaba de ella eran sus celos. No podía estar ni un segundo sola, no quería enfermeras por miedo a que su marido se enamorara de ellas. Pero también estaba celosa de mí, de la mucama, del camarero de habitaciones, del encargado del hotel, del ascensorista. Los dos la arrastrábamos a algún concierto, al café y al restaurante; éramos como dos burros de carga, agarrados de la silla ruidosa y miserable, jadeando por las noches húmedas, a veces con lluvia y viento, llevando un paraguas sobre su sombrero siempre a la moda, acomodando permanentemente las mantas sobre sus piernas tiesas. Modistas, costureras y sastres revoloteaban por el hotel como mariposas en la luz. De cada tres vidrieras, había que frenar en una. Podía quedarse horas recorriendo las joyerías, buscando una alhaja en particular. El peluquero la visitaba todas las mañanas. Mi amigo tenía que llevarla a la bañadera. Y, mientras ella jugaba con el agua y animalitos de goma, él le leía revistas y las novelas sociales inglesas más tontas. Mi tratamiento ya era inútil. La mujer ya no tenía, como dicen los médicos, 'voluntad para curarse'; la psicosis ya era parte de ella. Se burlaba de mí. Yo ya no tenía poder sobre ella.

»Nunca pude estar a solas con mi amigo. No nos dejaba solos ni por quince minutos. Intenté buscar una salida. Y finalmente creí haberla encontrado: a las enfermeras, las rechazaba por celos, pero ¿qué pasaría con un enfermero? Yo conocía a un buen chico del hospital. Hablé con él, y estuvo de acuerdo. Lo llevé con la señora Gwendolin, y a ella le gustó.

—Pero ahora no —dijo ella—, nos lo llevamos cuando volvamos de viaje. Acá no me gusta dejarlos solos a ustedes dos.

»Y así fue. Antes de que terminara la temporada, volvieron a Londres con el enfermero.

»Tuve una pequeña satisfacción: quizás el enfermero consiguiera que, al menos en Londres, mi pobre amigo se tomara un respiro.

»¡Pero fue todo lo contrario! Apenas dos meses más tarde, recibí una carta breve de mi amigo.

»Me decía que yo siempre había tenido razón, ahora lo sabía, pero no era tarde, ahora iba a dejar a su mujer. Que la había atrapado abrazándose efusivamente con el joven enfermero, y que pronto me contaría más.

»Sin embargo, luego de dos años, le escribí y no obtuve respuesta. Nunca más volví a escuchar nada de mi querido amigo.

XIII

UN DÍA VIAJÉ A París y, más por aburrimiento que por interés, fui a uno de esos locales nocturnos en el Montmartre donde falsos cosacos montan guardia e intentan atraer a auténticos estadounidenses. Cansado y casi molesto por mi propia estupidez, me senté y observé a las parejas que bailaban. En un momento, divisé a la señora Gwendolin. ¡Era ella, no había dudas! Del brazo de un gigoló de pelo negro, alisado y engominado, bailaba un java. Era evidente que el hombre era Lakatos. Es decir: Lakatos de Budapest es un estereotipo, no una persona en sí. No tenía por qué ser aquel Lakatos de la habitación 32. De repente, su mirada se posó sobre mí. Dejó a su bailarín, se acercó a mi mesa; gozaba de buena salud, estaba alegre y sonriente, era una diosa. Instintivamente, me agaché para ver sus piernas. Piernas sanas, impecables, en medias de seda gris oscuro.

—¿Está sorprendido, doctor? —dijo—. Me siento acá un ratito.

»Se sentó.

—¿Dónde está su marido? —pregunté—. ¿Por qué no me escribe más?

»Dos gotas grandes y brillantes aparecieron en sus ojos como siguiendo una orden, como dos centinelas del luto.

—¡Está muerto! —dijo—. Se suicidó, lamentablemente. Por una tontería.

»Al mismo tiempo, sacó de su cartera un pañuelito y un espejo.

—¿Cuándo? —pregunté.

—¡Hace dos años!

—¿Y hace cuánto que usted está sana?

—¡Un año y medio!

—Y ese hombre con el que está acá ¿es su nuevo marido?

—Es mi prometido, el señor Lakatos. Es húngaro, un bailarín famoso, como quizás ya notó.

»'¡Ah, el parásito!', pensé y pedí la cuenta. Pagué rápido, dejé a la mujer ahí sentada y me fui sin despedirme.

»Muchas muchas mujeres me ignoraron, algunas me sonrieron. Sonrían, pensé, ¡sonrían, den una vueltita, pavonéense, cómprense sombreros, medias, cositas! ¡La vejez está cerca! ¡Les queda un añito o dos! No hay cirugía ni fabricantes de pelucas que puedan ayudarlas. Desfiguradas, descontentas, amargadas, pronto se hundirán en la tumba y, aún más, en el infierno. ¡Sonrían, sonrían!...".

Índice

Queremos hacer libros
cada vez mejores, para eso
necesitamos saber qué pensás.

Envianos un mail y contanos tu parecer.
info@edicionesgodot.com.ar

O respondé una breve encuesta:

Si este libro te gustó y nos querés ayudar,
te agradecemos que lo recomiendes
a tus amigas y amigos o en tus redes sociales.